RAI SOARES

A MULHER QUE PARIU UM PEIXE

jandaíra

Copyright©2021 Rai Soares
Todos os direitos reservados à Editora Jandaíra, uma marca da Pólen Produção Editorial Ltda., e protegidos pela Lei 9.610, de 19.2.1998. É proibida a reprodução total ou parcial sem a expressa anuência da editora.

Este livro foi revisado segundo o Novo Acordo Ortográfico da Língua Portuguesa.

DIREÇÃO EDITORIAL
Lizandra Magon de Almeida
ASSISTÊNCIA EDITORIAL
Maria Ferreira e Karen Nakaoka
PREPARAÇÃO DE TEXTO
Andréia Amaral
REVISÃO
Vanusa Maria de Melo
CAPA E PROJETO GRÁFICO
Estúdio Daó, sobre ilustração da autora
ILUSTRAÇÕES
Rai Soares
DIAGRAMAÇÃO
Daniel Mantovani

Dados Internacionais de Catalogação na Publicação (CIP)
Maria Helena Ferreira Xavier da Silva/ Bibliotecária – CRB-7/5688

Soares, Rai
S676m A mulher que pariu um peixe e outros contos fantásticos de Severa Rosa / Rai Soares. – São Paulo : Jandaíra, 2021.
96 p. ; 21 cm.

ISBN 978-65-87113-63-0

1. Rosa, Severa, 1906 – 1990 - Memórias póstumas. Negros - Condições sociais - Contos. 2. Contos de negros. 3. Quilombos. 4. Tradição oral. I. Título.

CDD 398.23098142

Número de Controle: 00027

jandaíra

Rua Vergueiro, 2087 cj. 306 · 04101-000 · São Paulo, SP
11 3062-7909
Editora Jandaíra
editorajandaira.com.br
@editorajandaira

RAI SOARES

A MULHER QUE PARIU UM PEIXE

E OUTROS CONTOS FANTÁSTICOS DE SEVERA ROSA

jandaíra

2021

Às minhas ancestrais, as mulheres que me pariram: minhas bisavós, minhas avós (em especial Severa Rosa, minha avó paterna) e minha mãe Constantina, que me ensinaram sobre o poder do sonho e me abriram caminhos.

Aos meus filhos, Pedro e Akil, que me permitem aprender e ensinar nos pequenos gestos cotidianos de amor.

SUMÁRIO

Apresentação, por Rosane Borges
13

Preâmbulo
19

Uma guardadora de memórias: de como nascera Severa Rosa
20

A mulher que pariu um peixe
26

Fiandeiras de fios, de redes e de destinos
31

A bordadeira de destinos
34

A cabaça dos desejos
38

Toda a culpa do mundo em um só peito
43

A noite das borboletas
47

Severa e a Mãe D'água
51

Quando se apagou o sol e o dia virou noite
54

O homem que virava cachorro
59

Matias e o encontro com pisadeira
63

O baile de duas classes
66

A rua das lamparinas
69

A espera da "hora chegada"
71

Benedita Curandeira, sua bacia de
água e seu morrão de azeite doce
74

Guardadora do segredo das plantas
78

Didé encantada
81

A raposa encantada e a cabaça de ouro
84

Iraci
88

Zuiara
90

APRESENTAÇÃO

Um livro de memórias. Um livro sobre consciência. Um livro de escuta. Um livro de encontros. Um livro de sonhos. É essa a matéria-prima da bela obra de Rai Soares, que nos envolva no trançado das histórias contadas, rememoradas sob a nuvem de mistério e de fantasia que integra os contos fantásticos aqui reunidos.

A escrita de *A mulher que pariu um peixe e outros contos fantásticos de Severa Rosa* está à altura do conteúdo narrado. Uma escrita sensível, que nos leva a habitar as narrativas de tal modo que nos apossamos das histórias, reelaborando-as no timbre das nossas avós e mães. Ao desfiar o rosário narrativo de Severa Rosa, a autora provoca, adicionalmente, efeitos sinestésicos: sentimos o cheiro das coisas, tateamos os espaços, farejamos por onde o vento nos leva para o exercício inesgotável da imaginação.

Este livro não é tão somente uma reunião de contos que elenca as histórias das mulheres ameríndias e negras, mas é uma obra que manufatura memórias coletivas. Que as memórias dos povos subalternizados é tema em disputa, disso quase todo mundo sabe. Que as memórias são produzidas em contextos sociopolíticos que favorecem as raias do poder, historiadoras(es) e cientistas sociais se encarregaram de demonstrar de forma inequívoca.

Assim, a construção e a fixação de uma memória afro-indígena é imperativo ético e urgência política. Como já referi em um artigo, o arquivo do mundo foi edificado soterrando saberes, silenciando vozes, obliterando alguns nomes, desvalorizando tantos outros. Mas o que "subsiste dos canteiros de escavações não permanece por muito tempo como material inerte", o que justifica o fato de que o pensamento de uma época se embrenha, às vezes, por circuitos inéditos e esquecidos pela historiografia dominante. Saídos dos limbos dos tempos, alguns nomes, resistentes, insurgem-se: "a nossa escrevivência não pode ser lida como história de ninar os da casa-grande, e sim para incomodá-los em seus sonhos injustos", proclama a insubordinada Conceição Evaristo.

Michael Pollak, em *Memória, esquecimento e silêncio*, recupera as discussões de Maurice Halbwachs concernentes à memória coletiva, escandindo o caráter seletivo que lhe é próprio. Para o autor, a memória oficial é um fenômeno de dominação que não está ligado apenas ao Estado, mas a toda a sociedade.

O termo arquivo vem do latim *archivum*, lugar onde se guardam documentos, e vincula-se ao surgimento da escrita nas civilizações do Médio Oriente, há cerca de 6 mil anos. Engloba tanto um aspecto material, físico (institutos de pesquisa, como citou Sueli Carneiro), quanto imaterial e simbólico (discursos, enunciados).

As confluências suscitadas pela escrevivência de Conceição Evaristo desvelam uma cosmovisão que solicita acesso a uma soberania negada, plena de elementos para produzir a obra do mundo de forma plural, demonstrando, com beleza, que se desenha de forma leve e contundente, que as hierarquias das linguagens prestaram-se para subordinar, excluir e destituir. Ao abolir tais hierarquias pelos manejos outros da própria linguagem, convoca a todos nós a estender tal operação insubmissa para outras esferas de nossa existência.

A mulher que pariu um peixe e outros contos fantásticos de Severa Rosa empreende essa operação insubmissa. Rai Soares vai bordando o manto do mundo. Tal como as suas fiandeiras de fios de redes e de destino, nos franqueando a possibilidade de tecer, nos pedaços de pano da nossa existência, a memória das que vieram antes de nós para ser revivida e ressignificada pelas que ainda virão.

Rosane Borges
Escritora, jornalista e professora colaboradora da ECA-USP

PREÂMBULO

Este é um livro sobre memórias. Muito do que aparece nas páginas a seguir veio à tona através da lembrança do cheiro de café sendo torrado e moído à beira do fogão a lenha; do gosto de manga chupada, caída do pé; da coceira na pele queimada de urtiga; do cheiro de terra molhada depois da chuva ou do barulho da água na cobertura de palha da casa da minha avó.

Este também é um livro sobre consciência – da escuta atenta aos casos contados pelo meu pai, que me falava sobre desigualdades, racismos, resistências, formas de vida e sobrevivência em uma época em que eu não existia nem em imaginação. Aos desavisados, pode parecer que são apenas casos que saem da cabeça de alguém com criatividade. Do que escrevo aqui, há mais verdades que imaginação.

Estes contos falam sobre encontros. Inspirados na oralidade, na memória viva e nas lembranças de Severa Rosa, minha avó – que me ensinou a sonhar, a imaginar e a acreditar no impossível –, e nas andanças por mais de dez anos de pesquisa, extensão, trocas e aprendizados junto e com quilombolas e comunidades rurais. São contos de ancestralidade e memória. Contos sobre mulheres negras e ameríndias.

UMA GUARDADORA DE MEMÓRIAS: DE COMO NASCEU SEVERA ROSA

Severa Rosa, mais conhecida como Teté, era uma figura única: negra, de estatura mediana, nem gorda nem magra, curvada pelo peso do tempo e pela dureza do trabalho diário. Conhecida nas redondezas onde vivia pela sua teimosia. Tinha memória e imaginação impressionantes: sem saber ler nem escrever, ela registrou em sua mente causos e histórias que circundavam o mundo imaginário de quem se permite ir além da realidade cotidiana. Ouvindo suas histórias, eu me apaixonei pelo mundo dos livros. Logo que aprendi a ler, me lancei a eles com a mesma intensidade com que ouvia seus causos. A melhor maneira de falar em Severa é mergulhar um pouco no seu mundo de causos e causas diversas.

Ela era uma contadora de histórias como poucas, e digo isso com a credibilidade de quem as ouviu pessoalmente. Contar histórias era um dom que ela cultivava com carinho e sabedoria. E nem precisa dizer que tinha uma memória incrível, visto que, sem saber ler nem escrever, sabia de cor centenas de histórias que circulavam oralmente pelas redondezas onde nasceu e viveu. Algumas dessas histórias vinham da literatura de cordel que minha avó devia ter ouvido da boca de alguém que (naquele tempo e lugar) teve a "sorte" de saber ler. Outras se alojaram em sua cabeça, vindas de memórias ancestrais. Mas Severa era mulher caprichosa e fazia cerimônia para contar e encantar com suas histórias. Os netos, seus principais espectadores, às vezes tinham que insistir muito com Teté para ouvi-la, mas ela sempre cedia, no fundo ela gostava que valorizassem aquilo que fazia com tamanho prazer e dedicação, povoar com seus personagens imaginários as mentes de crianças ávidas por aventuras.

Severa vivia em um povoado pequeno, onde nasceu, teve seus filhos e os criou; sem luz elétrica, água encanada ou qualquer outra coisa indispensável a qualquer pequena cidade. Os vizinhos mais próximos estavam mais ou menos a um quilômetro de distância. O que precisava para sobreviver, ela tirava dali, da terra onde nascera, com suas próprias mãos. Acostumara-se, dessa forma, à vida rural, a levantar cedo, a capinar o mato, a semear e colher nas épocas favoráveis aquilo de que precisava, a ler os sinais do tempo e a ser paciente com eles.

Guardara muito da cultura africana de seus antepassados e era temerária aos desígnios divinos. Habitava uma casa pequena, de barro, coberta com palha de palmeira, onde, no meio dos seus cacarecos, guardava alguns santos em tamanho pequeno, que todos os dias, na hora do crepúsculo, ganhavam a sua atenção. Suas forças e orações voltavam-se naquele momento ritualisticamente aos seus santos: um Santo Antônio e um menino Jesus guardado por José e Maria, em uma pequena caixinha de madeira que imitava uma igrejinha simples (um oratório).

    Severa era assim, nunca acreditou que o homem tinha chegado à lua (morreu crendo ser esta apenas uma falácia) e contava com ar crédulo e assustado de quando presenciou um eclipse solar, quando o dia se fez noite e todo o seu povoado acreditou que o mundo ia se acabar. Contava com minúcias o desespero das mulheres, crianças e até de homens maduros que choravam e se lamentavam como crianças pequenas. Dizia ela que as pessoas saíam de suas casas no meio da escuridão atordoadas com o ocorrido, sem sequer atinarem para a lamparina, batendo nas panelas, para que as plantas e animais não morressem, para serem localizados pelos vizinhos e se juntarem, apaziguando o medo e, assim, quem sabe, terem uma passagem para a outra vida mais tranquila. Mas o mundo não acabou e aquele episódio guardado cuidadosamente em sua memória serviu para alimentar por anos a imaginação de adultos e crianças que não tinham tido até então a oportunidade de apreciar um eclipse solar.

    E como uma boa contadora de histórias, Severa acabou virando história. Quero começar contando do seu nascimento. De como veio ao mundo essa mulher que já carregava no nome a contradição que faz parte da vida de todo homem ou mulher que ousa ir além do que as estruturas de poder vigentes lhe reservam para a vida. Ela mesma era a tradução dessa contradição, era Severa e Rosa, era pedra e flor, era dura e sensível, como a vida lhe exigia que fosse. O nascimento de Severa Rosa foi um daqueles acontecimentos únicos e enigmáticos, que merecem, sem sombra de dúvida, um registro à altura.

Severa Rosa não tinha um sobrenome de sua gente, não carregava em sua alcunha a história de um lugar, de um povoado, de uma memória. Não era herdeira de fortunas ou de nomes que dessem qualquer lugar melhor no mundo. As lembranças de onde viera, do que sua história representava, de qual território seus ancestrais pisaram jamais estariam marcadas em sua descendência por um sobrenome, mas preenchiam cada canto de sua memória e marcariam para sempre aqueles que ouviam seus causos ao cair da noite. Como os negros que nasceram em sua época, era filha da dor e da alegria, do anseio e da promessa de liberdade. Àquele tempo, os negros herdavam dos antigos "donos", senhores de corpo, mas não de almas, um sobrenome, que mais os amarrava a um passado que queriam esquecer do que os libertava e conferia um lugar livre no mundo.

Severa Rosa nasceu em 1906. Apenas 18 anos após o fim da escravidão, e no alvorecer de uma promessa de liberdade, carregava na alma o anseio por ser livre. Viera ao mundo num canto qualquer, lá pelas bandas de lugares esquecidos do interior do estado do Maranhão. Um lugar marcado pela desigualdade de classe e de cor. Herdeiro, por muito tempo, de um sistema de escravidão em que homens, mulheres e crianças eram tratados como coisas. Era filha mais de mãe do que de pai, como muitos do seu tempo. Sua mãe, Filomena, já nascera livre – mesmo sendo filha de Luiza, escravizada à época – e teve três filhos. Dois com Afonso: Severa e Ciríaco; e um com Paulino: Francisco, o mais velho. Nunca se casou.

Filomena estava prestes a dar à luz quando decidiu que seria parteira de si mesma. Era conhecida em Campinho por não perder menino nem mãe em trabalho de parto, dar jeito em gravidez complicada, desvirar criança na barriga de mãe desenganada pela medicina e por fazer o impossível para trazer gente ao mundo. Mesmo com tantos predicados, ninguém entendeu, e o povoado inteiro comentou sobre a loucura que havia acometido Filomena, quando ela afirmou que não queria ninguém lhe ajudando a dar à luz quando fosse chegada a hora.

Ao completar nove meses de barriga, Filomena começou a se preparar. Na virada da lua era certo desatar as águas da vida e sua criança vir ao mundo. Exatamente quando a lua virou de cheia para minguante, as primeiras dores apareceram.

Filomena juntou os pequenos apetrechos que usava quando acudia as parturientes e se trancou em seu quarto. Sozinha com seus conhecimentos e crenças ancestrais, as que nem o chicote, nem a tortura, nem toda sorte de tormentas arrancaram da memória do seu povo, passava as horas a fiar no pensamento como seria o futuro da criança que estava por vir ao mundo. Em sonho já sabia que seria uma menina. Mas o que o mundo lhe reservava? O que um mundo cheio de promessas de liberdade poderia oferecer a sua criança menina? As que nasciam meninas quase não tinham, tanto lá quanto cá, em nosso tempo, direito ao mundo que elas mesmas construíam.

Filomena passou três dias trancada com seus pensamentos e nada de nascimento. Cá fora a família já dava sinais de preocupação e os vizinhos especulavam assombrações de toda sorte: a criança havia nascido morta e ela não quer desapegar; a mulher parira um bicho e não uma criança; ou errara a data de parir, e tantos outros devaneios que a cada hora passada adquiriam ares de verdades incontestáveis.

Passados cinco dias, sem viva alma olhar, sem comer e sem beber, Filomena finalmente abriu a porta do quarto. Já era grande o número de curiosos que se avolumava à porta de sua casa à espera do desfecho da história. A mulher apareceu com a barriga à mostra e sem sinal de criança. Os curiosos se entreolharam, as vizinhas e parentas mais próximas fizeram sinal de acudir a companheira, mas Filomena, do alto de sua sapiência, olhou ao redor e disse com uma segurança inquestionável:

— Chegou a hora de parir. Minha filha deve nascer na água corrente pra nunca se deixar aprisionar em qualquer coisa que lhe impeça de seguir sua vida e ser decidida na busca de sua liberdade.

Os curiosos se entreolharam, mas não ousaram dizer palavra. As comadres abriram passagem para Filomena e repreenderam com o olhar qualquer um que ameaçasse dissuadi-la. Filomena seguiu altiva com a barriga de lua cheia na direção da mata fechada. Sumiu no meio do mato.

Passados mais três dias, voltou com a filha nos braços, uma criança preta da cor da noite, com olhos brilhantes como as estrelas do céu. Nascera nas águas correntes do rio, em noite de lua nova, e cercada pelo farfalhar das folhas, pela sinfonia dos grilos e pela cantoria dos sapos.

Sua menina haveria de ser livre, apesar das correntes que ainda aguilhoavam os homens e mulheres de cor.

E Severa Rosa foi livre o quanto pôde.

A MULHER QUE PARIU UM PEIXE

Minha avó Severa Rosa recordava uma história de quando ela era criança, nos idos de 1918. Uma época em que as notícias levavam meses pra andar de um canto pro outro, e quando ainda era comum e costumeiro se sentar com os filhos e netos ao cair da noite pra contar e ouvir histórias de outras épocas.

Ela contava de uma mulher que pariu um peixe. Isso mesmo: uma mulher que pariu um peixe. Pode parecer curioso ou estranho, e pouco provável acreditar hoje, com tanta tecnologia e invenções que descobrem e desconstroem os lugares mais escondidos de nossa imaginação, que uma mulher pudesse dar à luz um peixe. Mas àquela época era possível. Acredito nas histórias de minha avó e ouso dizer que quem as ouviu também não deve ter duvidado delas.

Aquele foi um ano muito incomum. No Nordeste, temos duas estações no ano: inverno e verão (ou verão com chuva e verão sem chuva). No inverno chove e no verão o sol racha o chão e a chuva não cai. Mas os doutores em ciências da natureza daquelas redondezas sabiam ensinar com exatidão quando era o tempo de plantar o feijão, o arroz, o milho e a mandioca. Sabiam também o ano em que haveria fartura e o ano em que a terra minguaria e só daria pra colher o pouco de comer.

Naquele ano, ainda na meninice de Severa Rosa, ela pôde acompanhar uma das mais intrigantes histórias do seu povoado, esquecido no meio do mato: a de Maria de Juvêncio. Ela se chamava Maria de nascença e "de Juvêncio" por esposamento. Nessa época, as mulheres geralmente recebiam uma alcunha que as marcava como esposa de alguém, Maria "de Torquato", Catarina "de Dico", e assim por diante, com exceção das que, como Severa e tantas outras do seu feitio, nunca casaram, tinham filhos com homens diversos e eram donas e senhoras do seu nome e de sua vida. Como foram também sua mãe e sua avó.

Severa contava que Maria de Juvêncio casara cedo, a contragosto, com um homem mais velho e rude no tratamento com a esposa. Era comentário geral, à boca pequena, que a dita era infeliz e que passava seus dias a lamuriar, pelos cantos da casa, tal infelicidade. Mas Maria nunca, em nenhuma ocasião, falou de sua vida com o marido, ou mesmo segredou a uma amiga ou vizinha qualquer infortúnio que tivesse sofrido. De sorte que muito se falava, mas pouco se podia saber da própria boca da infeliz mulher.

No ano em que se sucedeu esta história, Maria engravidou. Os dias já davam sinais de que aquele seria um decorrer de tempo que marcaria a vida de todos. Chegou a época da chuva e não caía gota d'água no Campinho. Os lagos e rios foram secando, e os peixes, escasseando. Os animais, poucos, mas necessários, criados pra alimentação diária, iam minguando e o povo já não sabia o que fazer. Passados os primeiros dias de espera pela chuva e dado o sinal de que ela tardaria a aparecer, começaram os colóquios entre os mais velhos, pra saber o que fazer e qual a causa daquele infortunado destino. Foram muitas as opiniões e poucas as soluções apresentadas. De sorte que fizeram o que sempre faziam: ladainhas a Nossa Senhora, ofertas aos santos que desatam as águas, pajelanças, oferendas aos espíritos de caboclos e encantados que, conhecedores das artimanhas divinas, conseguem desatar as bicas do céu.

Fizeram de tudo, mas o certo é que a chuva não vinha. O roçado foi feito, as sementes jogadas ao solo e nada de brotarem. Trabalho perdido. O povo já não sabia a quem ou a que apelar.

A barriga de Maria crescia a olhos vistos, nunca se vira uma barriga tão grande. Alguns apostavam que tinha de três a quatro filhos lá dentro. Outros que não podia ser menos que cinco. Tirando a ausência da chuva, esse era o principal falatório do povo. O mexerico era grande, mas só saberiam quando a mulher desse à luz, porque nem ela, nem o marido, nem mesmo a parteira Dona Filomena, mãe de Severa, a mais reconhecida do lugar e das redondezas, chamada pra desvirar criança e acudir mulher em situação de risco até em lugares distantes, falavam do sucedido.

Passados os nove meses, a mulher entrou em trabalho de parto. Chamaram Filomena às pressas, porque aquele seria um parto difícil e a coitada gritava de dar dó. Atrás de Filomena foi um mundaréu de gente. O marido, junto do povo que se aglomerou na entrada da casa, esperava ansioso pelo desfecho do parto.

Filomena acudiu a mulher, ela e mais uma ajudante: Severa, que na ocasião, com 12 anos, já se iniciava no trabalho de parteira. De mãos ágeis e cabeça atenta, não perdia uma fala, um conselho, um ensinamento da mãe, de sorte que depois veio a se tornar a maior parteira do Campinho, quando Filomena já não era mais viva.

Depois de dez horas de trabalho de parto, a mulher deu à luz. Nunca se vira tanta água no parimento de uma criança. Os vizinhos tiveram que sair da frente da casa, porque pareceu desatar uma cachoeira lá dentro. A água escorria por todo canto, levava tudo que tinha pela frente, as mães tiveram que segurar nos braços dos filhos pequenos pra não serem carregados pela correnteza; os mais velhos foram amparados pelos mais moços, e tudo o que era miudeza ia sendo arrastada pela aguaceira rua abaixo, na direção do rio.

Passada a inquietude e o benzimento geral, que o povo quando não sabe explicar os fatos parte pro benzimento em busca de proteção, Severa chamou o marido no quarto para lhe mostrar seu filho.

– Sua mulher pariu um peixe.

Era um peixe do tamanho de uma criança, roliço e com o ar de recém-nascido que só os bebês têm.

Juvêncio pegou o filho nos braços e, orgulhoso, o apresentou aos curiosos. O povo não entendeu nada e saiu a falar, num zum-zum-zum danado:

– Maria pariu um peixe!

– Maria pariu um peixe!

Se nesse tempo as histórias levavam semanas, ou até meses, pra andar de um povoado ao outro, essa se espalhou no galope do vento. Em poucos dias, o Maranhão inteiro já sabia dela, era comentário certo em toda roda de conversa. Dizem que até saiu nos folhetins da capital.

Passado o alvoroço inicial e o espanto dos que puderam presenciar a história, Juvêncio se recolheu com sua mulher e a chuva não tardou a cair no povoado. Choveu tudo o que não chovera nos primeiros meses de inverno, o povo comemorava como criança, e começou a tratar como milagre o acontecido, que até então era só motivo de maledicência.

Juvêncio e a mulher, depois de seis meses do nascimento do filho, tempo em que o menino-peixe mamou no peito da mãe, levaram-no para o rio mais próximo e o deixaram seguir a vida de peixe, nadar livre nas correntezas daquela que seria sua casa dali pra frente.

Severa assistira a tudo e ficara com uma pergunta intrigante que não a deixava dormir, até que finalmente resolveu perguntar:

– Mãe, por que Dona Maria pariu um peixe?

Ao que Filomena, do fundo da sabedoria de quem já viu muita coisa nesse mundo, lhe respondeu.

– Acho que de tanto não chorar, Maria carregava na barriga toda a água do mundo. E nessas águas só se criam peixes.

FIANDEIRAS DE FIOS, DE REDES E DE DESTINOS

Antigamente, em algumas comunidades no interior do Maranhão, quando chegava a idade que lhes tirava da meninice, homens e mulheres deveriam constituir família, se juntar, se casar ou se amigar. Quando essa idade chegava para as mulheres, elas tinham que tecer uma rede de dormir e, assim, dar mostras de que estavam prontas para o compromisso. Severa gostava de contar a história de como sua mãe tecera sua primeira rede.

Filomena começou a fiar desde muito cedo. Aos 14 anos, já plantava, descaroçava e fiava o algodão, vendendo os fios para os vizinhos e até pra gente que vinha de longe. Além de plantar sua roça, de onde tirava o que comer, fiava os fios de algodão, o que a ajudava no sustento, até aparecerem os fios vindos da Bahia, embalados em sacos de 50 quilos. Pouco a pouco, os chamados fios da terra, feitos à mão na roda de fiar doméstica, geralmente fiados por um adulto e uma criança, que ao ajudar também já aprendia o ofício, foram acabando.

Quando chegou a hora de se casar, a mãe de Filomena perguntou se ela queria começar a tecer a sua rede, mas disse que não a obrigaria e não imporia à filha o que ela mesma não quis como destino. Filomena passou noites pensando no assunto. Sabia que o mexerico no povoado já começara e as comadres da mãe já lhe arranjavam pretendentes com quem se amigar.

Filomena relutou por um tempo, mas fosse pelo desejo de acabar com o mexerico, ou por não ter certeza do que de fato lhe interessava fazer, ou ainda por vontade de jogar com aquilo que chamam de destino, resolveu começar a tecer sua rede. Saiu num dia bem cedo pra colher o algodão no cofo, um recipiente de palha de palmeira que os indígenas usam para colher, carregar e guardar coisas. Colocou o algodão pra secar por três dias, depois levou pra descaroçar no pequeno engenho do povoado, de uso comum, numa máquina rudimentar, na qual se colocavam os caroços de algodão de um lado e se puxavam do outro, caindo os caroços no chão e saindo o algodão limpo. Depois de descaroçado, batiam o algodão com pau de buriti, uma palmeira de tronco leve que transformava o algodão em uma massa fofa, sem danificá-la.

Em algumas manhãs, por volta das cinco horas, começava-se a ouvir, por toda a vizinhança, os batuques: era o baticum do pau de buriti transformando o algodão em bolas parecidas com pedaços de nuvens caídos do céu, dando leveza aos fios da terra. Uma melodia cadenciada que podia despertar aqueles que porventura não tivessem se dado conta de que o dia já raiara.

Filomena, depois de bater o algodão, passava a fiá-lo no fuso, uma roda perfurada por um pau fino (chamado varão), na qual se transformavam os bolos de algodão em fios. O fuso fiava e torcia o fio. Depois de torcido, o algodão estava pronto pra ser usado.

A BORDADEIRA DE DESTINOS

 A fiandeira colheu, secou, bateu, fiou e torceu o algodão. Começou a tecer sua rede, mas nunca a terminou, a cada dia tecia um pouco e a cada noite desmanchava outro bocado. Não quis se casar, mas teve três filhos, dois com um homem, o terceiro com outro. Filomena decidiu que aquela rede nunca determinaria seu destino, e foi tecer a vida do jeito que melhor lhe agradasse.
 Uma das histórias que mais gostava de ouvir quando era menina, contada pela minha avó, era sobre a mulher que bordava destinos. Impressiona e assusta pensar que alguém tenha tamanho poder sobre a terra e possa controlar os domínios que imaginamos somente nossos, ou atribuímos a alguma entidade que está, inegavelmente, acima de nós.
 Mas a bordadeira não tinha o poder de mudar ou de criar destinos, ela somente os lia, ou melhor, bordava em pedaços de tecido as linhas do tempo futuro de quem ousava saber o que sucederia no seu livre caminhar pela terra.

Catarina era uma preta-mina, que nascera nos anos 1845, pros lados de Cururupu, na baixada maranhense. Viveu as amarguras da escravidão e os lampejos de um desejo de liberdade, que para a maioria dos pretos e pretas das terras do Maranhão não passaram de promessas que nunca chegaram.

Diziam àquela época que Catarina era preta fugida que havia chegado ao povoado do Campinho ainda jovem, e nunca falava de voltar pros lados de onde saíra, nem do que por lá ocorrera. O certo é que a mulher ganhou fama de ler destinos e o povo do lugar sempre a procurava na hora da agonia.

Mas de que vale ler um destino? De que vale saber o que sucederá, a não ser para aquietar o espírito, acomodar a alma ou inquietá-la de uma vez por todas? Se entregar a uma sorte ou azar já anunciados? Aí entram a curiosidade e talvez o que tenha dado a Catarina o valor de autoridade local. Todo destino bordado por ela poderia ser mudado. Ela mesma assegurava a quem a procurava e sempre dizia com uma firmeza que não deixava dúvidas: seu destino é você que faz.

De sorte que mulher e homem antes de casar, separar, largar família e correr em busca de outros ares que respirar, se orientavam pelos bordados de Catarina. Quem ia pra capital caçar destino melhor, não saía do Campinho sem ouvir a bordadeira. Se a decisão a ser tomada era grande, lá ia o sujeito ou sujeita à procura dos conselhos de Catarina.

Severa ainda era menina quando conheceu Catarina. Àquela época, muitas mães iam até a bordadeira de destinos, ansiosas por saber que caminhos estariam reservados aos seus filhos. Nascidos em meio à promessa de um mundo livre, mas desconfiados de que esse mundo de fato existiria, os negros moradores do Campinho queriam saber se seus meninos iriam algum dia beber das águas da liberdade, aquela de que ouviam tanto falar e ser publicada e divulgada pelas bandas da capital e pela qual tanto lutavam. A maioria voltava da bordadeira com o olhar de quem descobrira que as luzes que luziam em São Luís, capital do estado, ou no resto do Brasil, não lhes iluminariam a vida. E seguiam na rotina e no caminho do destino certo para seus pequenos: plantar, colher e trabalhar a terra; o reduzido pedaço que conseguiam por fora das cercas que repartiam o chão. Colher o babaçu na mata, quebrar e trocar o fruto, o tempo, o suor e o pensamento de um dia inteiro de trabalho, por um punhado pequeno de coisas.

Foi por esse tempo que Filomena levou a filha até Catarina para que ela bordasse seu destino. De início a mãe não queria, e tentou a todo custo persuadir a pequena a deixar isso pra lá. Severa insistia sempre que aparecia uma oportunidade. E de tanto a pequena pedir, Filomena cedeu. Foram na "boca da noite" à casa de Catarina. Filomena, antes de encomendar o bordado, puxou conversa com a comadre e rememorou histórias que só as duas podiam fiar por horas perdidas.

Severa não perdia nada do enredo das duas mulheres, sentada em um banco de madeira crua rente ao batente da porta; vez por outra espiava o anoitecer e se deixava encantar pelas memórias das duas. Findada a conversa, Filomena pediu à comadre que bordasse o destino da filha. Viria buscar quando estivesse pronto, que lhe mandasse recado. Catarina, que nunca aceitou pagamento pelo trabalho que fazia, disse que seria de bom grado fazer tal favor à companheira de longa data. Despediram-se, e mãe e filha, iluminadas unicamente pela luz da lua, tomaram o caminho de casa.

Nessa e nas demais noites, até receberem o recado de que o bordado estava pronto, Severa não dormiu sono tranquilo. A inquietude era grande e a aflição no peito aumentava com o passar dos dias. Chegada a hora, Catarina mandou um moleque avisar que buscassem o bordado. Filomena seguiu com a filha o caminho da casa da comadre, as duas andaram o estirão de chão sem dizer palavra. O coração de Severa batia como tambor de crioula em festa de São Benedito.

Chegaram à casa da comadre, seguraram o embrulho e abriram juntas, sem espera nem cerimônia.

Os olhos de Filomena encheram de água e o coração de Severa, de alívio, ao verem bordado, em finas linhas azuis, um rio correndo em direção ao infinito.

– Mas do que se trata, comadre? – perguntou Filomena, já aliviada em não ver o vermelho escarlate de sangue ou rabiscos amarelos de sofrimento e de dor sem fim.

– Eu só faço o bordado, cada um é que lê seu próprio destino – respondeu a comadre.

Filomena, então, se voltou para a filha e lhe perguntou:
– O que você vê, minha Rosa?
Ao que a filha responde:
– Eu vejo água correndo livre em direção ao futuro, sem amarras, sem correntes. Eu me vejo livre pra fazer o que escolher, sem homem que me domine ou senhor que me aprisione. Me vejo rio.

E as duas fizeram felizes e cheias de conversas o caminho de volta pra casa. Severa, que nascera em noite de lua, dentro de um rio, já começava a sentir na alma a fluidez do rio, como se rio fosse.

A CABAÇA DOS DESEJOS

Esta é uma história de mulheres.

Severa Rosa contava de um ocorrido no seu lugar de origem, que mudara os rumos da vida das mulheres que lá viviam. Ela dizia que há muito tempo os mais pobres e religiosos, influenciados pelo catolicismo que por ali havia ancorado, acreditavam que o século 20 era o último século de existência da humanidade. Muitos afirmavam que no livro sagrado dos cristãos estava escrito que "até mil e pouco se chegaria, de dois mil não passaria", referindo-se ao destino da humanidade. O certo é que essa crença alimentava mitos, reforçava dominações e fazia com que se temesse ainda mais as fúrias de um Deus cristão que parecia implacável quando se tratava de pecados.

No povoado do Campinho, não tinha homem, mulher ou criança, praticante do catolicismo ou não, que não soubesse e temesse essa "profecia apocalíptica", mas só alguns faziam uso dela para reforçar seus poderes. Até que um grupo de mulheres, revertendo o que parecia senso comum, mudou os rumos de uma tradição que em nada as favorecia.

Segundo Severa, tudo aconteceu da seguinte forma:

Como não era costume entre os mais pobres, em especial os de ascendência negra, que viviam no interior do Maranhão, contrair matrimônio ou mesmo permanecer muito tempo "casados", os religiosos cristãos que ali chegaram criaram uma forma de facilitar o que em pouco tempo se tornaria corriqueiro e "natural": a fidelidade das mulheres ao casamento e o não rompimento com os maridos, independentemente de que situação vivenciassem. Usaram de mitos, costumes e rituais já existentes entre o povo para criar a cabaça dos desejos das mulheres casadas.

O povo do lugar utilizava em rituais diversos, principalmente em cultos aos encantados, uma cabaça dos desejos. Eles depositavam nela seus pedidos, ao murmurarem dentro do objeto o que desejavam, fechando-a em seguida, para que fosse aberta apenas nos lugares considerados moradia dos encantados: um riacho, uma mata fechada, uma encruzilhada. Ao abrirem a cabaça, os encantados ouviam e atendiam os desejos, desde que isso fosse feito seguindo o ritual e com a certeza no coração do desejo atendido.

Ninguém sabia ao certo em que momento o mito da cabaça dos desejos das mulheres casadas fora criado, mas era prática entre os moradores do Campinho. Ele servia para induzir as mulheres a aceitarem a superioridade dos maridos nas relações conjugais

Antes de casar, cada menina recebia da mãe uma cabaça. Era ali que deveria depositar seus desejos e infelicidades depois de casada, evitando falar com as outras mulheres ou mesmo com a família sobre esses infortúnios, pra não criar mexerico e desandar seu casamento. Sempre que tivesse um desejo – de separar, de brigar, de ser livre, de voltar pra casa, de fugir –, corria até a cabaça, falava baixinho dentro dela o que desejava e depois a fechava bem com folha de bananeira e cera de abelha, pro desejo não fugir. Assim, aguentaria os infortúnios do casamento, que não eram poucos.

E assim se passaram anos, décadas, em que mães transmitiam o mesmo ensinamento às suas filhas. Mas as mulheres continuavam se reunindo para tecer, benzer criança de mau-olhado, aprender a fazer chás diversos, rezar, escutar das mais velhas histórias antigas e contar histórias. E nesses encontros sempre se ouviam os suspiros profundos, daqueles de revirar a alma do avesso de uma ou outra mulher casada, que se sabia infeliz no casamento, mas que continuava sua vida como se precisasse pagar uma penitência.

Em alguns encontros, os suspiros eram muitos, algumas cochichavam à boca pequena que fulana tentara se matar, que beltrana estava definhando como pimenteira mau-olhada e que uma ou outra dava sinais de que não duraria muito tempo. Mas a tradição da cabaça as prendia a um mito que nem mesmo as mais velhas ousavam questionar. Raramente se falava quem fora a primeira a receber a cabaça ou como tornaram um ato de pedir pela liberdade aos encantados em um de aprisionamento de corpos e desejos.

Até que um dia Catarina, que não era muito chegada às rodas de mulheres, apesar de frequentá-las, e que já estava casada há tempo suficiente para ter suspiros sufocantes de dor, começou a suspirar de outra forma. Nos primeiros encontros, chegava a incomodar. Eram tantos seus suspiros de felicidade que as mais velhas faziam muxoxos de reprovação, enquanto as mais novas davam risadinhas de aprovação e regozijo.

Catarina logo se tornou o principal assunto das rodas. Comentava-se à boca pequena que ela mandava em Pedro Aristides, que era ele quem limpava a casa, cozinhava e lavava as roupas, inclusive as dela. Não tinham filhos e ele era o único que ia com a mulher aos bailes de "mulher solteira", promovidos uma vez a cada dois meses na casa de Domingos, onde moça e mulher casada não entravam, mas os homens eram todos liberados.

O certo é que Catarina continuava com seus suspiros embriagantes, e as mulheres, que inicialmente sentiam inveja do estado dela, logo passaram a ficar curiosas e, em seguida, com um desejo incontrolável de suspirar igual àquela mulher.

Numa noite de setembro, com a lua esguia no céu iluminando o terreiro, uma fogueira no centro para espantar os mosquitos e uma roda de mulheres ouvindo dona Filomena falar como curar espinhela caída de criança, Catarina começou a suspirar. Parecia embriagada com a luz tênue e entorpecida pelo vento suave que lhe acariciava a face. Todas se voltaram pra ela, até que Jovelina, a mais nova das mulheres casadas, já em desgosto pelo casório, chegou perto de Catarina e lhe perguntou.

– Como você faz pra suspirar sem lhe doer a alma e sem suas entranhas se moverem por dentro como facas afiadas? Como seus suspiros podem ser de alegria e não de dor?

Catarina, num gesto de que ia contar um segredo, olhou pros lados, chamou as mulheres para perto de si e falou quase murmurando:

— Há tempos eu quebrei minha cabaça e nunca mais hei de ter outra. Se o mundo está para acabar, se em dois mil não chegará, eu me acabo nele feliz. Se Deus já nos condenou pelos pecados que ainda nem cometemos, o que temos que temer?

As mulheres se entreolharam e, sem dizer palavra, entenderam o que devia ser feito. Nesse dia, voltaram pra casa ouriçadas e ansiosas por liberdade.

TODA A CULPA DO MUNDO EM UM SÓ PEITO

    Das lembranças que chegavam a Severa Rosa pelas bocas de outros contadores de histórias, ela recordava sempre as de Joana.

    Joana Preta nasceu e se criou no quilombo da Maniva, um lugar entre o Maranhão e o Pará, úmido, quente e muito verde. Casara cedo, teve duas filhas e carregava no peito toda a culpa e todo o medo do mundo. Joana trabalhara desde criança, era a mais velha de oito filhos, e logo aprendeu a juntar castanha, a tratar peixe de rio e a tirar o vinho do açaí. Também de pequena fora ensinada a dizer sim pra tudo que lhe pediam.

    Melina, mãe de Joana, criara a menina e os outros sete filhos sozinha. O marido havia morrido em uma emboscada, em briga pela terra onde viviam, quando as crianças ainda eram pequenas, deixando para a família uma tapera, uns cacarecos, um roçado e um medo imenso de mexerem com "gente grande". A emboscada levou mais que a vida do pai de Joana. Por um tempo, carregara também o pouco de esperança que a comunidade tinha de conseguir suas próprias terras para plantar, onde enterrar seus mortos e zelar pelos seus encantados. Melina trabalhava na roça, cobria a casa com palha de buriti para esperar o verão chuvoso, criava galinha, porco e caçava no mato, quando não tinha o que comer com os filhos. Não cansava, não parava e não recusava trabalho. Enquanto teve força e vida, garantiu o sustento dos filhos e de um tanto de outros aparentados que apareciam sem avisar quando não tinham mais de onde tirar sustento.

Melina morreu quando a filha estava com 18 anos. Alguns diziam que tinha sido de tanto trabalhar, mas a filha desconfiava que havia de ter sido outra causa: talvez aquele aperto que tanto pressionava seu coração desde que o pai morrera também incomodasse sua mãe, a ponto de explodi-la por dentro, como às vezes ela mesma achava que aconteceria consigo. Joana herdara da mãe o cuidado dos irmãos mais novos e um poço de culpa que não lhe cabia no peito. Não sabia dizer não, não conseguia parar de trabalhar, não conseguia sossegar, não conseguia descansar.

Quando o irmão mais novo de Joana fez 18, ela estava com 25 e se casara com Ananias, mais por conveniência que por querência. Resolveram juntar os esforços para se manterem vivos nesta vida. Tiveram duas filhas: Sebastiana e Catarina. Joana cuidava das filhas como sua mãe cuidara dela e dos irmãos: lavava, limpava, cozinhava. Mas Joana também cuidava do marido como cuidava das filhas, como se filho fosse.

As meninas foram crescendo e, quando começaram a falar, indagaram à mãe por que ela carregava dentro do peito um poço tão fundo. Joana não entendia a pergunta das filhas. Olhava-se no pequeno espelho de moldura alaranjada, que tinha pendurado na parede de seu quarto, e só via pele e osso, nada de poço, nada que lhe fizesse supor que ali caberia algo além de alguma tristeza, medo e amor pelas suas pequenas.

As meninas cresciam e à medida que espichavam aumentavam as indagações e os questionamentos. Joana sentia que algo de diferente distanciava suas meninas dela mesma. O que seria?

Aos poucos, Joana começara a prestar mais atenção nos modos de suas pequenas: como andavam, como brincavam, como falavam, como questionavam e como incentivavam os outros, da mesma idade, a também se fazerem questionadores. Em tudo se diferenciavam dela, mas ao mesmo tempo faziam lembrar de uma antiga Joana que ela não sabia mais se existira de fato ou se era só imaginação da sua cabeça. Uma Joana que um dia desejou seguir os passos do pai.

À medida que observava suas meninas, se espantava com as pequenas descobertas. Aos poucos, foi aprendendo com elas que havia outras formas, modos e jeitos de estar no mundo. De tudo que descobrira, dizer não foi o que fez sua meninice brincar de novo em seu pensamento.

Joana também foi redescobrindo que, além de mãos e pés fortes para o trabalho, ela tinha outros pedaços de si, do seu corpo, que poderiam lhe fazer sentir que tinha sangue nas veias e uma alma de menina.

Quando Joana disse o primeiro não ao marido, as filhas se entreolharam e riram em cumplicidade. Finalmente, a mãe havia aprendido. Joana abaixou levemente a cabeça, olhou para seu peito e viu um buraco imenso, um poço sem fundo de culpa e medo.

Abraçou as filhas e pediu com uma lágrima solitária que elas lhes ensinassem a se livrar daquele buraco no peito. As três se sentaram na soleira da porta e esperaram cair a noite, ouvindo o barulho da chuva na casa coberta de palha. Nessa noite não teve janta, nem pratos lavados, nem biscoito para o café do dia seguinte, mas Joana foi dormir com o peito cheio de uma esperança que, finalmente, lhe apontava um caminho a seguir.

A NOITE DAS BORBOLETAS

Contava Severa que certo dia, de calor intenso e cigarras zunindo uma melodia ensurdecedora, o povoado de Campinho fora totalmente invadido por uma "legião" de borboletas.

Desde as primeiras casinhas aglomeradas, onde principiava o tal povoado, até a última habitação, lá pros lados da mata fechada – onde por vezes se confundia a noite com o dia e pouco se distinguiam os dias da semana –, tudo, num estirão de terra a perder de vista, fora tomado por borboletas.

Há quem não acredite no causo e diga que tudo não passou de coisa da cabeça de Severa Rosa. Ela tinha a capacidade quase mágica, encantadoramente viva, de transitar do real à fantasia, como se passeasse de um lado ao outro do estreito caminho que percorria quando ia visitar uma comadre, uma amiga ou um filho que morava próximo à sua casa. Mas Severa não arredava o pé e contava com todos os pormenores sobre a noite das borboletas. De minha parte, sei que tudo se sucedeu como me contara minha avó.

Dizia ela que naqueles tempos, sempre que alguma coisa parecia fora do normal, diferente do que se costumava ver no dia a dia, era porque algo maior estava pra acontecer. Então, o povo, crente nos avisos que a natureza lhes proporcionava, não deixava nada passar. Tudo fora do normal era motivo de debates longos e de averiguações junto aos mais antigos do lugar, assim que alguns prenúncios já eram conhecidos: se passou coruja cantando altas horas da noite bem em cima da casa de alguém, era azar, que ficasse atento; se chovia em dia ensolarado, alguma viúva estava pra casar; galinha no poleiro antes da hora, mau sinal; e assim por diante.

Acontece que naquele dia, ou melhor, naquela noite, quando tudo aconteceu, nada fora anunciado, ninguém se deu conta do porvir. Diz Severa que parecia que, silenciosamente, por dias e noites a fio, as borboletas teciam suas asas sem levantar a mínima suspeita, sem dar na vista. E olha que no Campinho tinha moleque peralta e não eram poucos, desses que descobrem lagarta em tudo quanto é lugar, que futucam aqui, fuçam acolá, pegam maribondos com as mãos, atiram pedras em passarinho, correm de abelhas e não deixam nada passar despercebido. Mas até eles as borboletas enganaram.

Acontece que as borboletas, antes de criarem asas, se recolhem em casulos, passam dias em silêncio, segundo Severa, tecendo suas belas e coloridas asas. Mas antes de se recolherem, são lagartas e, como tais, consideradas pragas, temidas, e se fossem pegas pelos moradores seriam exterminadas.

O curioso é que eram centenas, milhares, dezenas de milhares de borboletas, e ninguém sabia de onde tinham surgido, posto que, cautelosos como eram os moradores do Campinho, e por sobreviverem da cultura do milho, da mandioca, do arroz, do feijão e da banana, não deixariam de notar tal invasão, que poria fim às suas plantações em minutos. Se não notaram é porque de fato tais invasoras não estavam lá, e é isso que faz desta história mais uma das histórias curiosas e fantásticas que Severa Rosa afirmava ter presenciado. Não só tinha presenciado, como dizia saber de onde tinham vindo as borboletas. E ao que parecia era a única que tinha tal informação.

Conta ela que aquela havia sido uma noite diferente. A lua estava cheia, mas, de uma forma particular, fizera seu percurso de toda noite bem vagarosa, como se estivesse pesada. E de forma pesada varou a noite desde o momento em que despontava rente à soleira da casa de Severa, por entre o matagal que se apinhava em frente, até subir na imensidão do céu, já pelas tantas da madrugada.

Severa, que não deixava passar nada por seus olhinhos de vivaz curiosidade, logo se deu conta de tal singularidade e não dormiu, decidida a espreitar a lua. Até o amanhecer haveria de acontecer algo. Colocou seu banquinho rente à porta da rua, do lado de fora, e lá ficou olhando o céu estrelado, e de soslaio espiando a lua, como quem não quer nada, pra não levantar suspeita. As horas se passaram, Severa ouviu serenatas de grilos, o coaxar dos sapos enamorando-se de suas fêmeas, vez por outra um barulho desconhecido lhe arrancava um arrepio do corpo, mas recobrava a coragem, na certeza de que algo estava por vir, não arredaria o pé dali por nada.

Já lá pelas tantas da madrugada, quando riscos de luz começam a cruzar o negro do céu, algo estranho aconteceu. A lua parecia parir borboletas, milhares de borboletas caíam sob o Campinho e saíam voando. Borboletas de todas as cores, tamanhos e formas, eram tantas que o parto só findou ao amanhecer, e aí já era um alvoroço só. O povoado fora tomado de cores, borboletas invadiam as casas, entravam por todas as frestas, circulavam homens, mulheres e meninos, que rodopiavam e caíam com a força do vento que elas produziam. Borboletas negras, azuis, amarelas, vermelhas, coloridas, tantas que se imaginava não acabarem mais.

O medo inicial foi dando lugar à contemplação de tanta beleza. Todos saíam das casas e corriam atrás das borboletas, brincavam com elas, mas sem matá-las, que matar borboleta dá azar e dos grandes. A festa durou até mais ou menos meio-dia, e depois as borboletas se espalharam pelo mundo e ninguém nunca mais as viu, as filhas da lua foram voar em outros lugares. Severa conta que ela foi a única que assistiu ao parto, e de perto; talvez por ser parteira suspeitasse do que iria acontecer. Aquela noite em que a lua prenhe de vida deu à luz a "asas" de todas as cores ficou em sua memória como a noite das borboletas.

SEVERA E A MÃE D'ÁGUA

A nossa cultura, transmitida pela tradição oral, nos ensina que há algumas entidades indígenas e afro-brasileiras que devemos reverenciar e respeitar. Severa cresceu ouvindo isso e transmitiu aos seus, em especial aos filhos e netos, tudo e mais um pouco (porque, como boa contadora de histórias, adorava uma fantasia) do que lhe passara enquanto vida teve. Uma dessas entidades que carecia do nosso respeito e, às vezes, temor era a Mãe D'água.

Mãe D'água habitava os arredores de poços, rios, lagos, olhos d'água. Onde corresse água limpa, havia Mãe D'água. E havia horas em que ir a esses lugares era algo impensável, só os incrédulos ou de imensa coragem se atreviam a tal. Ao meio-dia e às seis horas da tarde não se deve pisar em lugar habitado por Mãe D'água, são horas sagradas, ensinava Severa.

Acontece que a necessidade às vezes impõe alguns desafios que colocam à prova os nossos temores mais fortes. E isso era corrente à época de Severa Rosa. Vez por outra, uma mãe entretida com os afazeres domésticos mandava o filho buscar água no exato momento proibido; outras vezes, um descuidado e esquecido se deixava ficar por horas à beira de um rio, e quando se dava conta estava na dita hora. Tinham os casos também de meninos teimosos que, no afã de um banho de rio, ignoravam o perigo. Havia ainda aqueles que, incrédulos, resolviam pôr à prova as histórias de Mãe D'água.

Assim, as histórias iam surgindo e cada um contava sua versão, uma mais assombrosa que a outra. E Severa, por descuido ou teimosia, tinha também seu causo, que ela jurava ter se passado de fato. Jurar não, que Severa não jurava, pois achava esse um dos pecados maiores; mas afirmava, sem dar espaço para dúvida ou contestação. E sempre gostava de dizer que só foi ao poço no horário proibido por descuido, pois jamais desafiaria uma entidade tão poderosa como Mãe D'Água.

Conta Severa que um dia, no aperreio das atividades de casa, ficou sem água justo na hora em que preparava o almoço. Atarantada com tanta coisa por dar conta, não pensou duas vezes, ou melhor, nem pensou, passou a mão no pote de barro, num trapo velho que servia como rodilha e tomou o rumo do poço. Andava pelo caminho estreito aberto no meio do mato, onde só passava uma pessoa de cada vez, de forma que, sempre que iam muitas mulheres ao mesmo tempo buscar água, fazia-se uma fila indiana e elas tagarelavam aos gritos para que a última da fila ouvisse a conversa tanto quanto a primeira.

Enquanto Severa caminhava sozinha, sua mente se entretinha com os afazeres do dia. O sol estava a pino e ela, tão entretida, mesmo se dando conta do fato, não atentou para o seu significado – meio-dia, hora de Mãe D'água. Chegando ao destino, se pôs a encher com água o pote de barro, quando sentiu na nuca um leve sopro, como uma brisa suave. Voltou-se e não viu nada. Seus cabelos se arrepiaram quando de súbito ouviu um assovio que parecia vir da nascente do poço, pequeno e raso.

Mesmo com temor, mas como se estivesse hipnotizada por aquele som, se inclinou para ouvi-lo melhor. Foi quando percebeu que a água se movia de uma forma diferente da de costume, parecia ter vida. Da água saiu uma figura feminina de cabelos longos e pretos, que assobiava e chamava por Severa. Seus braços d'água a buscavam como uma mãe busca a um filho e seus cabelos se enroscaram nela como um cipó invisível no meio da mata.

Severa, que era temente aos desígnios divinos e aos mistérios da vida e da morte, não pensou duas vezes: se pôs a rezar. E nada, Mãe D'água cada vez mais lhe tomava as forças do corpo e dominava sua alma. Foi aí que de súbito teve uma ideia. Já quase sem forças, e com as palavras saindo tumultuadas e desajeitadas, prometera a Mãe D'água lhe oferecer durante nove dias seguidos, sempre ao meio-dia, um ramo de flores e água da fonte mais limpa do povoado onde vivia. E não é que deu certo?

Mãe D'água aceitou e Severa cumpriu rigorosamente a promessa. Não voltou a pôr os pés ao meio-dia em qualquer lugar onde corria água limpa. Contava essa história cheia de reticências e não dava ouvidos às impertinências dos netos, que queriam arrancar dela mais detalhes. Só dizia que fora a mais pura verdade.

QUANDO SE APAGOU O SOL E O DIA VIROU NOITE

Hoje, eclipse solar é coisa apreciável por todo mundo, esperado e visto com entusiasmo e curiosidade. Não passa de um fenômeno provocado pelo alinhamento do sol, da lua e da terra, e se não sabemos bem explicá-lo, sabemos de quem saiba ou onde buscar explicações. Mas à época de Severa Rosa não era assim. Apagar o sol era coisa inexplicável e podemos dizer que inimaginável para alguns. Era esse dia místico que ela recordava sempre que lhe perguntavam de coisas intrigantes e inexplicáveis pelas quais havia passado. E como recordava bem daquele dia! Relatava o eclipse ainda com temor nos olhos e receio de falar de algo que para ela era coisa de Deus, algum aviso dos céus, quem sabe.

Era dia e as pessoas se entretinham nos seus afazeres cotidianos. Conta Severa que assim, sem mais nem menos, o sol começou a apagar e de repente fez-se noite, como se o sopro divino apagasse a luz daquele que iluminava todos os dias os pobres mortais aqui na terra. Foram apenas segundos de escuridão, mas pareceu durar quase uma quinta parte do dia. Como não esperavam a noite súbita, suas retinas se recusavam a se adaptar à escuridão repentina, tudo era "breu", de um escuro inebriante e assustador.

No meio da escuridão, mulheres gritavam pela compaixão divina e tentavam em orações desordenadas se redimir dos seus pecados, naqueles que elas acreditavam ser os últimos segundos de suas vidas; crianças, que naquela hora brincavam pelos terreiros e divertiam-se longe dos olhares dos pais, buscaram em um desespero desalentador o aconchego do colo materno. Berravam e choravam na escuridão em uma busca vã por suas mães, pois coisa difícil era encontrar alguém em meio ao alvoroço que se fez diante do inusitado apagar do sol.

Há fatos engraçados que despertavam um sorriso saudoso nos lábios de Severa, rompendo, vez por outra, a seriedade com que relatava este causo. Um deles dizia respeito a um certo senhor Mendes, que, atordoado com o acontecido e em meio à escuridão, resolveu que morreria de consciência limpa. Sabe-se lá como, encontrou o compadre Mariano, a quem relatou, engolindo as palavras e dispensando os pormenores – porque a morte era iminente e o que menos tinham era tempo para pormenores –, que lhe traíra, ou melhor, sua mulher o traíra, ou melhor, os dois (ele e a mulher do tal Mariano) haviam traído sua confiança.

– Porque mulher é bicho danado, cumpadre, que mexe com a imaginação da gente e que se não apaga o sol, apaga o nosso juízo, igualzinho ao que Deus fez aqui.

E assim, contava nossa narradora que, aos tropeções, Mendes contou a Mariano da sua traição. Sorte a da mulher de Mariano, pois no meio da confusão não foi encontrada pelo marido, que estava disposto a pôr fim à vida dela, antes que a fúria divina o fizesse. Ou a sorte foi a do Mariano, arrematava Severa, porque as mulheres do povoado eram brabas e não aceitavam domínio de homem. No final das contas, ninguém sabia quem sairia mal da confusão, caso houvesse.

Bem, como dizia, essa foi uma das histórias que contou com azar e sorte, tudo de uma vez só, tudo ao piscar do olho divino, ao apagar do sol. Depois a fúria se apaziguou, os nervos se controlaram e o acerto de contas já foi outro. Não posso, diante da curiosidade que creio ter despertado, dizer o que se passou com esse "triângulo", visto que Severa, que era quem sabia dos causos da época, se recusava a contar o que aconteceu depois, dizendo que não se metia na vida dos outros e que não era de bom tom ficar espalhando pormenores da vida dos vizinhos. Mas acho que ao final das contas se entenderam os três, literalmente, mas isso já é outra história.

Houve até caso, este trágico, de quem tirasse a própria vida. No desespero de deparar-se assim tão de perto com a morte, poupou-lhe trabalho e antecipou-se ao destino, que cria como certo. Isso se passou com uma tal de Amelinha, menina nova de uns 17 anos que se encontrava, segundo contam, na beira de um poço, buscando água para os afazeres domésticos. As que acompanhavam Amelinha, outras moças iguais a ela, só contam que ouviram o momento em que a menina, no desespero da "noite súbita", gritou não aceitar que lhe tirassem a vida assim, como se fosse um bicho do mato, e disse: "se é pra ser assim, eu faço com minhas próprias mãos", atirando-se ao poço. Essa foi tida na boca do povo, depois do acontecido, como pecadora, porque não são vistas com bons olhos as almas dos que tiram a própria vida. Segundo diziam, e Severa repetia com uma firmeza de arrepiar os cabelos de quem a ouvia, essas almas vagam pelos arredores de onde morreram por toda a eternidade.

    Há outras assombrações que ficaram na memória do povoado depois do ocorrido. Como a de um tal de "Zé das Cabaças", que tinha esse nome porque sua atividade era buscar cabaças no mato, cortá-las, secá-las e vendê-las depois; vivia disso. Dizem que esse tal de Zé estava nos arredores de sua casa jogando milho para as galinhas, que no momento do ocorrido se amontoavam ao seu redor em busca do alimento certo. Quando, de súbito, sentiu que lhe faltava a luz, enlouqueceu. Soltou um grito horrendo de assustar até os animais mais ferozes. Zé se embrenhou no mato fechado e nunca mais apareceu. Até hoje, contava Severa com firmeza, se escuta Zé gritando pela luz, no mesmo horário em que se passou a escuridão daquele dia. "Virou bicho e vive lá, no meio da mata."

    Nem todos viveram a escuridão como o findar dos dias. Apolinário, homem de muita imaginação e também contador de causos, como Severa, tivera o azar de perder a visão bem jovem, em um acidente, enquanto preparava a terra pra ser plantada. Assim que, quando se passou o eclipse e todos gritavam e imploravam a clemência divina, Apolinário, sentado no batente da porta, acendia seu cachimbo e repetia: "Ora, não há de ser nada o que se passa, essa gente acha que escuridão é fim de mundo!" Depois do ocorrido, quando lhe relataram com pormenores tudo o que aconteceu, e já usando o nome "eclipse" para designar o fato, visto que já era sabido que o que se passara chamava-se assim, Apolinário repetia com voz pesada: "Meu eclipse foi bem antes do de vocês e eu o vivi sozinho."

Enquanto foi viva, Severa nunca aceitou a explicação do eclipse solar como um fenômeno "normal". Pra ela, foi um aviso de Deus, e só não morreram todos naquele dia, porque, por algum motivo, Deus lhes dera uma segunda chance.

O HOMEM QUE VIRAVA CACHORRO

Quinze minutos era o tempo de caminhada da casa de Severa Rosa para a do vizinho mais próximo. Se a noite era escura, o medo de assombração apressava o passo e esse caminho se fazia em dez minutos, ou menos, a depender das passadas do andarilho e da sua coragem.

Antigamente, quando luz elétrica e água encanada eram apenas promessas de um progresso que parecia nunca chegar àquele canto do mundo, as pessoas tinham mais tempo consigo mesmas.

A imaginação era uma das companhias que fazia das horas do não trabalho um momento de fiar histórias e causos de toda sorte. O cair da noite vinha sempre acompanhado de histórias inimagináveis. Visitar um parente ou amigo após as seis da tarde poderia se transformar em uma aventura que povoaria por muito tempo o imaginário coletivo do lugar.

Foi em uma dessas situações que Severa Rosa se deparou com o animal mais estranho que já vira – meio homem, meio cachorro –, e que a partir daquela noite foi visto por muitos outros vizinhos e conhecidos do povoado.

Uma comadre doente a fizera sair de casa naquela noite de lua cheia, mas estranhamente silenciosa. Os presságios que sentia sempre que algo estranho estava por acontecer já lhe haviam alertado a alma, e por várias vezes fez menção de desistir de ir visitar a moribunda. Mas como já lhe havia feito promessa de levar uns unguentos e fazer uma benzedura, coisa que tinha sabedoria, não podia mais adiar a ida à casa da comadre.

Saíra de casa cedo, com a intenção de não se demorar nos afazeres que a camaradagem e a tradição exigiam. Às seis e dez, Severa já se encontrava aboletada em um banquinho à beira da rede de dona Nastácia, dando umas beberagens feitas de ervas do seu quintal e lhe benzendo com um galho de arruda e palavras ininteligíveis aos que presenciavam a cena.

Cumprida sua função, Severa se despediu da comadre, dos acompanhantes e ganhou o caminho de casa. Já eram passadas ao menos duas horas desde que chegara e sabia, por suspeição, que sua volta seria difícil. Ao colocar o pé fora da casa, sentiu um vento frio que lhe estremeceu a espinha e a pôs em alerta. Seguiu com passo firme, mas com a alma em desespero e o coração batendo como tambor de promessa. Como em toda situação de medo, os sinais eram muitos e de toda parte pareciam brotar sombras e ruídos a fazer a mais corajosa das mulheres tremer nos eixos.

Severa manteve o passo apressado e teimava em não olhar pra trás, firme na intenção de logo chegar em casa. Enquanto caminhava a passos largos, recitava umas tantas palavras de apelo à senhora protetora dos desamparados, que àquela hora poderia ser qualquer divindade, de terra ou mar, que se apiedasse de sua condição. Após cinco minutos de caminhada, sentiu que saía do mato, logo à sua frente, um bicho grande, maior que um cachorro, que rosnava como um cão, mas tinha estranhamente as feições de um homem.

A noite clara não deixou margem para dúvidas. O medo era tanto que Severa não ousou correr, nem palavra alguma saía de sua boca. O bicho caminhou em sua direção, a fez tremer de aflição e ter certeza de que sua hora era chegada. Qual surpresa fora a sua, quando, no lugar de lhe dar o bote certeiro, o homem-cachorro lhe lambeu as mãos e, em sinal de camaradagem, se aninhou em suas pernas bambas de medo.

Àquela hora, Severa não só reconheceu o dito, que transmutado em bicho lhe oferecia companhia àquela noite, como recobrara a coragem e a lucidez de mulher que já vira muito pra se assustar com tão pouca coisa. E não é que era um compadre seu que não via há muito, morador de uma tapera velha lá pelas bandas do Retiro, e que tinha a má fama de ser ermitão, pouco afeito a companhias e amizades?

O compadre cachorro lhe fez companhia até sua casa e saiu no rumo da mata. Da mesma forma que apareceu, sumiu. Desse dia em diante, sempre em noite de lua cheia, os boatos de que um bicho andava a amedrontar quem ousasse sair de casa eram certos. Não tinha criança ou gente grande que ousasse sair de casa no descer da noite, quando a lua despontava no céu como bola de fogo, a não ser Severa, que, nessas horas, quando batia a solidão, saía a caminhar a ermo com seu compadre cachorro, a espreitar a lua e, por vezes, a invejar o destino do outro. Porque, se para os homens a liberdade era uma promessa, aos homens-bicho, como ele, parecia de fato ser um estado.

MATIAS E O ENCONTRO COM PISADEIRA

Severa Rosa sempre ensinou aos filhos que com fogo não se brincava. Fosse para manter os pequenos longe do perigo, fosse por crendice, Severa dizia que quem brincasse com fogo era assombrado à noite por pisadeira.

Mas a curiosidade e a peraltice infantil quase sempre lhe superam o medo. E por que haveria de ser diferente?

O fogo atrai as crianças como o açúcar atrai as formigas, bastava um descuido da mãe para que seus pequenos estivessem encantados por labaredas de fogueiras, lamparinas e velas acesas.

Pisadeira era sorrateira, uma assombração, uma força, um temor que chegava à noite, quando o sono era profundo e a alma vagueava por outros universos. Chegava sem aviso, de supetão, e atormentava com o corpo de quem lhe desafiava. Aquele que tinha o azar de encontrá-la se via em maus lençóis, sem forças para se livrar da dita-
-cuja, sem voz para gritar por socorro e sem movimento

para pular para o mundo dos vivos. De sorte que ninguém queria encontrá-la.

Havia também as artimanhas que Severa Rosa ensinou aos filhos, porque aprendera com sua mãe, para enganar pisadeira. A principal era, antes de dormir, sentar em sua rede, esfregar um pé no outro, como se amolasse um facão, e falar baixinho como se segredasse algo importante: eu vou amolar meu chachinho pra mim cortar pisadeira! A frase ameaçadora deveria ser dita três vezes. Outra forma de enganar a assombração noturna era amarrar embira vermelha no punho da rede antes de dormir, de modo que a pisadeira, temendo ser aprisionada por aquele que quisesse assombrar, nem aparecia em tal empreitada.

Nem sempre as crianças, ao desafiarem as advertências da mãe e se lançarem nas perigosas, mas divertidas, brincadeiras com fogo, lembravam de recorrer à proteção antes de dormir.

Certa noite, o filho mais velho de Severa Rosa, Matias, à época com 12 anos, depois de brincar horas no terreiro em volta de uma fogueira, acender gravetos, correr atrás dos irmãos, pular as labaredas e jogar galhos secos no fogaréu acesso, armou sua rede no canto do quarto, de um esteio ao outro da casa, e caiu no sono como se de uma longa batalha tivesse chegado. Não tardou para ter que acertar as contas com a dita-cuja. Quando deu por si, já era tarde: nem chachinho, nem embira o salvariam daquele encontro. A quem recorrer? Tentava se mexer e forças não tinha, queria pular da rede e seu corpo não respondia, gritar não podia, lhe faltava voz na garganta. O único que lhe restava saber que vida tinha era seu pensamento, e foi nele que se apegou. Pediu que os encantados de sua mãe, aqueles que lhe acudiam em aflição e a quem ela devia devoção, o socorressem em hora tão assombrada e assombrosa. E assim foi. Matias sentiu que outra força diferente e maior que pisadeira lhe puxava do mundo dos medos e temores noturnos. Uma força que não se via, mas cheirava a terra molhada e a ervas frescas que às vezes sua mãe lhe passava na cabeça para afastar mau-olhado ou outras mazelas cuja origem ele desconhecia.

Puxado de volta, em um pulo da rede e com um grito que acordou a todos de casa, Matias se livrou de pisadeira. Severa Rosa amparou o filho, olhou de canto de olho, deu-lhe um copo d'água, pegou um galho de murta que sempre trazia amarrado no punho da sua rede, rezou umas tantas palavras na cabeça do filho, numa língua que não chegava ainda à compreensão de Matias, e lhe disse:

— Agora vai dormir, que a dita-cuja nunca mais há de lhe procurar.

Matias deitou aliviado em sua rede e dormiu sossegado, sentido o cheiro da terra molhada e das ervas frescas dos encantados.

O BAILE DE DUAS CLASSES

Dos filhos de Severa Rosa, quase todos eram dados às culturas de preto. O que parecia óbvio, por serem eles todos negros. Mas não o era, pois além dos brancos, que desprezavam o que vinha dos negros, havia negros que ignoravam também o que seu povo produzia como cultura e eram dados a apreciar só aquilo que lhes parecia distanciá-los de um lugar em que não queriam estar – o lugar de quem não era e nem viria a ser. Pedro era grande tambozeiro, conhecido nas redondezas, e Raimundo era puxador de boi, cantante e compositor dos mais apreciados à época, no lugar onde viviam.

Severa pôde viver pra ver os filhos romperem com os preconceitos da época e reafirmarem o espírito de liberdade que ela tanto prezava. Recordava a época em que seu filho Raimundo fez no povoado onde viviam o primeiro baile de duas classes. Naquela época, entre a década de 1950 e 1970, mesmo findada a escravidão já havia mais de 60 anos, ainda se faziam no interior do Maranhão os bailes de duas classes. Bailes feitos no mesmo lugar, para preto e para branco, que dançavam separadamente (em quartos diferentes).

Como nesse tempo Campinho não tinha barracão pra festa, elas eram realizadas em casas de moradia. Nos bailes de duas classes, dançava-se nos quartos, sendo um para a festa de preto e outro para a de branco, ao mesmo tempo, sem ninguém se misturar. Todo mundo quando chegava procurava logo sua classe, recordava Severa. E lembrava de histórias curiosas em meio a tudo isso: Mogema era branca e ia para um baile de duas classes, pra parte dos brancos, e dançava lá. Mas quando acabava a música, ia pra janela conversar com Capininga, que era da sala dos pretos, e no final saíam juntos – acabaram se casando.

Àquela época, também inventaram um baile que só entrava "moça", mulher solteira não entrava – Antônia levava a filha e ficava na porta, não podia entrar, porque diziam que tinha gente que não queria que a filha dançasse junto com mulher solteira. Esse era um baile que dava muita confusão. Tinha mulher que chegava pro baile e o fuxico começava, tinha mãe que queria levar sua filha e a filha se recusava. Esse era um baile feito pra não durar muito tempo, porque bastava anunciar que ia ter baile de "moça" pro mexerico começar.

Foi nessa época que o filho de Severa começou a fazer um baile em que todo mundo dançava: branco, preto, todo mundo que queria. No início, começaram a dizer que era de duas classes, mas ele logo disse que não, que aquele baile era de todo mundo: preto, branco, mulher moça, mulher solteira. Aí, Baixinho, que era quem fazia baile de mulher moça, viu que o baile do filho de Severa dava mais gente que os seus, então deixou de fazer festa só pra moça. E os outros foram aos poucos deixando de fazer baile de duas classes. Essa história Severa recordava com um brilho no olhar e uma satisfação na fala.

A RUA DAS LAMPARINAS

Quem passou a vida toda sendo iluminada pela luz de uma lamparina acha luz elétrica coisa sem valor – e, para ser mais exata, sem sentido. Acha até que ela não clareia bem e que não substitui nem de longe a luz de uma boa e velha lamparina. Assim pensava Severa, que já estava com mais de 80 anos quando foi levada a viver, pela primeira vez, em uma cidade com luz elétrica. Decisão tomada por quem julgava sua saúde frágil e sua teimosia perigosa, já que Severa insistia em fazer atividades pesadas para a sua idade (isso, obviamente, na visão dos outros, não na dela).

Por ter sido levada a contragosto, Severa se recusava a viver lá. Desde o início deixou claro que esse ato era contrário aos seus desejos e que preferia esperar "sua hora" no regozijo do seu lar, trabalhando e vivendo como sempre fizera. Dessa forma, como protesto, manteve seus hábitos interioranos – os que pôde. Dentro de casa, continuava usando lamparina, nunca ligava a luz elétrica, que só iluminava a casa quando algum de seus acompanhantes, geralmente os netos, se recusavam a compartilhar do que consideravam um ato de loucura. Não usava fogão a gás, nem água encanada.

    Toda noite Severa ia visitar a vizinha, que, diferente de Campinho, não ficava distante, mas bem ali, do lado da sua casa. Ela acendia sua lamparina alimentada a querosene e saía pela rua iluminada pela luz elétrica. E lá ia ela com seu facho de luz iluminando seus passos e o caminho por onde andava. Os vizinhos nunca entenderam e sempre a questionaram sobre o porquê da lamparina. Severa só dizia que cada um se ilumina do jeito que quer e nunca abandonou sua lamparina, que, se não iluminava mais o mundo ao seu redor, servia para lhe trazer a luz necessária para saber onde pisar e que caminhos percorrer. Seu protesto funcionou, pois acabou voltando para seu lugar de origem, de onde nunca mais saiu.

A ESPERA DA "HORA CHEGADA"

A morte continua sendo, na cultura ocidental e cristã, sinônimo de temor e angústia. Severa Rosa convivera com a certeza da morte da forma mais controvertida que já tive notícia. Os netos, que uma ou duas vezes ao ano iam passar as férias (ou parte delas) na agradável convivência da avó, aguardavam a hora de dormir com ansiedade e um pouquinho de medo. Explico.

Ansiedade por ser a noite o momento apropriado para ouvir as histórias de Severa, de deleitar-se com suas fantasias (ela se recusava a contar histórias durante o dia, e diante da insistência dos netos teve uma ideia para convencê-los: dizia ela que quem contava e ouvia histórias durante o dia criava rabo. Sim, rabo – igual a um macaco –, e falava isso com tanta propriedade e segurança que os netos temiam ser verdade e acabavam aguardando a noite para ouvi-la).

Mas era à noite também que eles tinham que se deparar com um objeto um tanto sinistro dentro de casa. Severa guardava consigo, desde que soube estar perto da "sua hora", o seu caixão. Isso mesmo, um caixão. Era de madeira crua (branca), como todo caixão dos pobres que se despediam da vida naquelas épocas, e que, mesmo sem recursos, viviam em lugares de fartas árvores.

O caixão encontrava-se no quarto, cuidadosamente colocado em cima de tábuas que ficavam entre o teto da casa (de palha) e o seu interior. Em noite de lua cheia, era só olhar pra cima e lá estava ele, refletindo a luz da lua, branco e sinistramente iluminado. Nem é preciso dizer que a relação de Severa com a morte era cordial, e que para ela aquele era um objeto tão normal quanto o eram sua rede, sua mesa, suas panelas. Para os netos, porém, dormir na casa da avó era uma aventura e um sinal de coragem.

Alguns familiares, inclusive seus filhos, insistiam que ela se desfizesse daquele sinistro "ornamento", pelo menos que retirasse de casa e o pusesse em outro local. Diante de tantas insistências, Severa se limitava a dizer que o melhor lugar para um objeto que acompanharia seus restos mortais para sempre (ou melhor, enquanto existissem) era ao seu lado, e que tanto melhor ir convivendo com ele, pois assim se acostumaria com aquele que seria seu único companheiro quando partisse "desta para melhor". E se tinha algo que Severa cria era que partiria, sim, desta "para melhor", caso contrário, certamente seria difícil uma relação tão cordial com aquela que parece ser nosso algoz inegável, única certeza que carregamos em toda a nossa existência: a morte. E diante da sua insistência e teimosia, o caixão foi ficando, até que depois de um tempo já passou a fazer parte da "decoração" da casa.

Os filhos, os vizinhos e as visitas ocasionais já não o estranhavam tanto, acostumaram-se a ele. Mas as crianças, não! Essas o temiam como se encarassem a própria morte, a sombria e sinistra presença daquele caixão era para elas algo difícil de compatibilizar com sua alegria e vontade de viver, com o fato de estarem vivas.

Severa, por seu lado, conviveu com o caixão por muito tempo, pois sua hora demorou a chegar. Talvez sua "amizade" com aquela que lhe arrebataria a vida de uma vez para sempre tenha retardado o momento final. Muitos foram antes de Severa, e como não eram prevenidos como ela, sempre que morria algum vizinho os parentes corriam para pedir emprestado o seu caixão. Ela cedia sem cerimônia, mas com uma condição: que colocassem logo outro no lugar, porque ninguém sabe quando era chegada a sua hora, que ela acreditava estar perto.

Quando chegou a hora de Severa Rosa, foi no seu caixão branco, de madeira crua, que ela foi enterrada. Suas histórias, que povoaram e fantasiaram por tempos a imaginação dos netos, certamente produziram frutos.

BENEDITA CURANDEIRA, SUA BACIA DE ÁGUA E SEU MORRÃO DE AZEITE DOCE

Dia sim, dia não, Benedita ia à mata colher plantas pra fazer suas garrafadas. Acontecia de ter que ir uma, duas ou três vezes por dia, a depender da planta que precisasse colher e do mal ou doença que tivesse que curar. Cada planta devia ser colhida em uma hora certa do dia, da forma correta e seguindo ensinamentos que ela guardava na cabeça desde que sua avó começou a lhe passar o que aprendera com a mãe, a bisavó de Benedita.

Antes mesmo de nascer, Benedita já estava destinada a ter os conhecimentos que viera acumulando em vida, e os usava sempre que lhe solicitavam para curar males, dores e doenças do corpo e da alma. Era conhecida no lugar onde vivia, nas redondezas e até mesmo em outros lugares distantes, onde sua fama de curandeira podia chegar. Mas nem sempre a admiração e o reconhecimento acompanharam o trabalho da curandeira.

A mãe de Benedita, Dona Joaquina, era filha de uma das maiores benzedeiras do Campinho, muito amiga de

Severa Rosa, a velha Firmina D'água, como era conhecida. Não tinha doença, mau-olhado, moléstia do corpo ou da alma que Firmina não desse conta; e quando sua sabedoria não podia ajudar, ela indicava ao enfermo onde procurar remédio. Firmina benzia mau-olhado em criança e adultos, cobreiro, espinhela caída, erisipela e doença de mulher. Mas a velha Firmina sabia bem que tinha coisa que não lhe competia, e nesse caso mandava ir atrás de remédio de botica ou consultar aqueles que tinham mais conhecimentos dos segredos guardados pelas entidades de cura, pajés, caboclos e outros encantados.

A velha Firmina ganhou a alcunha de Firmina D'água porque tinha um jeito muito próprio, que aprendera com sua mãe, de descobrir como tratar a pessoa que a procurava. Com um morrão de fio de algodão embebido em azeite doce de coco babaçu, ela benzia quem a procurava, fazia suas rezas e depois ia pingando o azeite em uma bacia de água, e ali era revelado tudo o que precisava saber. Pra cada doente, uma receita diferente, um preparo que só ela sabia e podia fazer. Se o doente concordasse com o que Firmina recomendava, ela pedia alguns dias para preparar a garrafada (ou outro remédio, a depender do que lhe era transmitido), e na data marcada o remédio estava lá, prontinho.

Firmina não cobrava, nem recebia pagamento em dinheiro pelos trabalhos que fazia, mas aceitava de bom grado os presentes que ganhava. Era certo ter em seu quintal um leitão gordo, uma galinha, um capote, ou na sua cozinha um paneiro de farinha ou um saco de arroz, de forma que fome não passava. Firmina, além de benzedeira, curandeira, também era parteira das boas e colocou no mundo perto da metade das crianças que nasceram no seu lugar. Era devota de São João e praticava o Tambor de Mina, assim como sua avó.

    Quando Joaquina nasceu, sua mãe já estava certa de que lhe passaria seus conhecimentos, e assim o fez. Levava a menina pra todo canto que ia, lhe ensinou os segredos das plantas, da bacia de água e ensinamentos que não podem ser contados a quem não segue e pratica o que lhe é determinado. Mas Joaquina crescia junto com os novos conhecimentos que chegavam naquele canto remoto do mundo. Tinha 13 anos quando chegou o primeiro médico no lugar, mas ele não fora pra ficar: atendia, distribuía os remédios do governo e ia embora com a promessa de voltar no mês seguinte. Joaquina começou a pensar que aquilo que sua mãe fazia era bem diferente da modernidade que o médico trazia, e não quis mais saber de curandeirismo, benzimento e Tambor de Mina. Também começara a prestar mais atenção no que dizia o padre Pio, que de 15 em 15 dias chegava para rezar missa, fazer batizado e casamento na igrejinha do lugar.

    Certo é que Joaquina nunca praticou os conhecimentos que sua mãe lhe ensinara, e quando ficou grávida desejou que seu filho ou filha nunca os aprendesse. Mas quando estava com a barriga a despontar em direção ao mundo, soube do seu tio Venanço, também conhecedor dos mistérios da encantaria, em uma visita a sua casa, que sua filha seria uma grande curandeira e conhecedora das matas e florestas. Joaquina não quis acreditar e não deu valor ao que lhe foi revelado.

    Benedita nasceu pelas mãos da avó, que ao recebê-la no mundo já segredou os primeiros conhecimentos no ouvido da recém-nascida. Abaixou a cabeça, beijou a testa da neta saída do ventre da mãe e murmurou segredos que aprendera da mesma forma.

A mãe de Benedita, entretanto, se recusava a aceitar que a filha seria curandeira. Mas sossego não teve enquanto a velha Firmina não tomou a direção dos ensinamentos da neta. Joaquina colocava a filha na rede, ainda com um ano de idade, e quando ia procurar ela já estava metida no meio das plantas do quintal, brincando sozinha. Com dois anos fazia unguentos de barro e passava nas galinhas e nos cachorros. Andava sempre com um galhinho de planta pendurado pela roupa e não podia ver água que se danava a ler a sorte de quem se aproximasse ou puxasse conversa.

Com seis anos, Joaquina cedeu ao que acreditava ser o destino de Benedita, e a partir de então deixava a menina seguir a avó aonde ela fosse. Aprendeu a benzer, a curar e a fazer parto. Benedita dizia sempre aos que lhe procuravam que tinha em sua cabeça um assentamento de coisas que aprendera. Aos doze anos, já era conhecida no Campinho como alguém a quem pedir socorro em caso de doença.

GUARDADORA DO SEGREDO DAS PLANTAS

    Cada planta tem uma forma peculiar e única de guardar seus segredos de cura. Antigamente – e ainda hoje é assim – nas comunidades afro-brasileiras e indígenas, havia aqueles, mulheres ou homens, que, como guardiões dos segredos de cura das plantas, têm a obrigação de um bom uso fazer desse saber e ajudar aos que deles precisem. Nem sempre chamavam a si mesmos de curandeiros, rezadeiras ou benzedeiras, mas era assim que eram conhecidos e tratados no ofício.
    Nessas comunidades não havia pessoa alguma que no decorrer de sua existência não tivesse uma, duas ou muitas vezes recorrido aos saberes dessas figuras populares.
    Uma dessas ilustres guardadoras dos segredos das plantas de cura era a velha Quitéria, uma negra de quase 80 anos de idade, com uma energia de dar inveja aos mais jovens do povoado.
    Quitéria morava pro lado do Cafundó, depois de uma pedreira de domínio de Xangô, cercada pela mata fechada

e rodeada de proteção, como ela mesma gostava de dizer. Não tinha filhos nem marido, vivia só, mas de tempos em tempos aceitava junto de si algum aprendiz dos segredos e da sapiência que dominava. Ensinava muito do que sabia e depois deixava que o aprendiz seguisse o seu destino.

    A velha Quitéria dizia que cada planta de cura tinha seu segredo, e que cabia a cada um daqueles que tinham o dom de ouvir as plantas saber escutar, entender e apreender. Algumas plantas só ensinavam ao cair do sol, quando o dia se misturava com a noite e os segredos do mundo estavam livres para serem decifrados pelos homens. Essa era também a hora certa de colhê-las, quando fossem necessárias para um unguento ou um chá. Outras plantas deveriam ser ouvidas quando despontassem os primeiros raios de sol, e precisavam ser colhidas junto com o orvalho. Havia outras que só funcionavam se fossem colhidas com o sol a pino.

    Assim que, ouvir as plantas dava trabalho, exigia dedicação. Por vezes, Quitéria passava uma noite inteira no mato pra aprender um segredinho de nada, mas que poria fim numa dor de dente ou de barriga. Uma dessas conversas com as plantas fora na incumbência de pôr fim ao sangramento de uma mulher que dera à luz e junto da criança viera um rio de sangue que não cessava de correr, já lhe definhava as forças da vida e prenunciava como certa sua morte. Quitéria se embrenhou no mato, convicta de que traria resposta. Passara três dias perdida entre o farfalhar das plantas, e para muitos já era tida como sumida para sempre.

    Após os três dias de escuta, Quitéria voltou com um punhado de folhas, umas raízes e cipós. Macerou tudo, pôs água e deu para a moribunda beber. Depois de duas horas a mulher era outra. Levantou-se, amamentou e já queria cuidar das coisas de casa. Enquanto os que presenciaram os saberes da preta-velha sendo postos à prova se entreolhavam boquiabertos, Quitéria ganhou o rumo de casa e passou um dia inteiro a rememorar o que aprendera daquela empreitada, a refazer seus caminhos, a debater e conversar com suas próprias ideais e pensamentos.

    Quitéria também era conhecedora dos atalhos da mente para recobrar a lucidez, então, sempre que alguém caía em esquecimento profundo ou se metia em mundos que só existiam em sua cabeça, ela, com suas rezas em língua de preto-velho, seus chás e seus benzimentos, trazia a pessoa de volta ao mundo que nós conhecemos. Quitéria e Severa eram comadres e cuidadoras dos males daqueles que a elas recorriam.

DIDÉ ENCANTADA

– Didé se encantou! – gritou a irmã de Dona Maria Costa ao se deparar, no caminho do poço, no quintal das irmãs, bem próximo ao pequizeiro sagrado, com um toco de pau em forma de uma negra de cócoras.

Maria Costa correu pro mato pra acudir a irmã, achando que se tratava de visagem.

– O que foi, mulher? Tá vendo coisa? – chegou gritando Maria Costa. Ao que de longe avista a irmã ajoelhada, mais admirada que assombrada.

– Quem tá aí contigo? – perguntou Maria Costa, na certeza de que se tratava de uma mulher ou de uma visagem em forma de mulher, de cócoras, a conversar com sua irmã. Eram seis da tarde. Hora em que o dia se mistura com a noite e os encantados estão em nosso mundo e no deles.

À medida que se aproximava da irmã, Maria Costa se dava conta de que gente não era nem visagem, nem assombração. De onde saíra esse toco de pau? – se perguntava Maria Costa em sua mente embaralhada pelo susto e pelo encantamento. Ao chegar perto da irmã, já certa de que havia ali coisa de outro mundo, Maria lhe pergunta:

– Quem é essa aí, minha irmã?

– Didé se encantou – respondeu a irmã. – Eu a vi direitinho neste toco quando fui chegando perto.

– Tu lembra desse toco aqui antes de hoje? – perguntou Maria Costa.

– Como vou lembrar se ele não tava aqui? Esse toco de pau é Didé que se encantou.

Didé cuidava do terreiro do seu genro, que chegara no Andirobal em uma época em que, pelos lados do Morro do Egito, se ouvia, todo ano no mês de dezembro, os tambores rufarem e a chegada do navio encantado do Rei Sebastião.

Andirobal foi o lugar escolhido para assentar o terreiro de Elói, genro de Didé, e ela zelava pelo lugar, pelos encantados e pelas coisas do pai de santo.

Didé era uma negra corpulenta, vinda com a família do interior de Alcântara. Aprendera por lá pequenas coisas: fazia chás, benzia criança, mas o que gostava mesmo era de zelar pelas coisas dos encantados: sabia o gosto de cada um e do que não gostavam também. Era ela que cuidava das oferendas deixadas no pequizeiro sagrado que ficava aos fundos do terreiro. Em tempos de festa, passava horas nas matas colhendo plantas que seriam usadas em rituais, voltava de lá alegre e faladeira, como se tivesse ido conversar e contar causos a uma comadre ou vizinha.

Quem conhecera Didé a descrevia como uma mulher de doçura e firmeza, de riso fácil e sempre com um conselho na cabeça a ser dado a quem lhe procurava pra conversar, segredar ou indicar caminhos, geralmente as mulheres de Andirobal.

No terreiro, Didé não aparecia muito; além de cuidadora do lugar, não tinha função na Mina. Só dançava quando se tratava de obrigação, mas sem ela nem haveria terreiro. Foi escolhida pelos encantados para cuidar daquele território sagrado.

De tanto amar o que fazia, Didé se encantou e hoje continua lá, eternizada num toco de pau, cuidando daquele lugar – enquanto ele existir como lugar sagrado e enquanto os encantados acharem que ali lhes cabe morar.

Cosme era filho de Damásia, que era filha de Pituca. Todos da linhagem dos pajés viviam no Campinho em um tempo em que a cura era prática reconhecida, admirada e respeitada.

A RAPOSA ENCANTADA E A CABAÇA DE OURO

    A fama de Pituca chegava aonde seus pés nunca puderam chegar, mas seu pensamento sempre ia longe. Quando Cosme nasceu, sua avó Pituca lhe deu uma cachorrinha de presente. A própria avó a batizou de Boca Preta. A cachorra acompanhava o menino pra todo canto e tinha fama de caçadora. Sem ter por que, ela disparava de casa em direção ao mato e depois de um tempo voltava acuando um bicho (cotia, paca, tatu) até em casa. O bicho chegava vivo e a família tinha garantido seu almoço. Com Boca Preta, fome não passavam.
    Quando Cosme fez 15 anos e sua avó 85, ela o chamou e lhe revelou segredos de cura e encantarias que lhe competia passar ao neto. Damásia pressentiu que algo estava por vir. Uma semana depois, Boca Preta disparou pro mato; a cachorra, que tinha a idade do menino, já vivia cansada e não caçava fazia um tempo, não tinha mais o vigor e a destreza de antes. Quando saiu pro mato, a tarde caía e o terreiro da casa de Pituca estava cheio de vizinhos que

se juntavam em certas ocasiões para conversar e ouvir as histórias e conselhos da velha. A família e os vizinhos foram todos atrás da cachorra, com medo do que a aventura inesperada poderia causar a Boca Preta, que na idade dos cachorros já estava velha.

Ao chegarem à mata, ainda viram uma paca entrando num buraco e Boca Preta a acuando na entrada. Todos pararam a espreitar o que faria a cachorra. De repente, Boca Preta entrou no buraco atrás da paca.

A espera foi longa e nada da cachorra voltar. Ainda ouviram os latidos vindos de dentro do buraco da paca, que de repente voltou e foi capturada pelos presentes, mas nada de Boca Preta. Depois de horas esperando, resolveram cavar atrás da cachorra. Os vizinhos correram em casa, voltaram com enxadas e se danaram a cavar, foi mais de uma hora cavando até chegarem ao final do buraco, mas nada encontraram.

Foi a velha Pituca quem mandou parar de cavar e ali mesmo fez sua reza de encantaria para Boca Preta.

Todos voltaram pra casa e nesse dia Boca Preta lhes garantiu mais um jantar. Conta-se que, enquanto viveram ali, sempre que a família de Damásia carecia de comida, aparecia, do nada, uma paca, um tatu ou uma cotia correndo acuados na direção da casa. O almoço estava garantido.

Depois de um mês que Boca Preta partira, Pituca começara a passar alguns segredos de cura para Damásia. A filha ouvia e, na sua sabedoria, intuía que a mãe logo a deixaria. Começou a indagar à mãe sobre o que queria que fosse feito quando da sua partida, como queria sua despedida. Mas Pituca, que se preparou durante muito tempo pra quando fosse chegada a sua hora, não sabia responder à filha, e isso deixava ela mesma intrigada.

O certo é que passado mais um mês de ensinamentos, um dia, quando a tarde chegou, as duas foram buscar água num poço. Depois de pegarem a água, quando já se preparavam pra voltar, Damásia, que ia à frente, ouviu um grunhido diferente, voltou-se para trás e, no lugar da mãe, viu uma raposa altiva e vistosa, com os pés firmes no chão, sobre as roupas caídas de Pituca. A raposa trazia uma cabaça de ouro em forma de chocalho na mão. Mesmo sabendo ser sua mãe, Damásia gritou, por medo, espanto ou admiração. Ao gritar, a raposa pulou dentro do poço. O grito de Damásia levou a vizinhança inteira ao lugar. Ao saber do acontecido, os vizinhos começaram a procurar o bicho dentro do poço, mesmo a contragosto da filha de Pituca.

Muitos achavam que Damásia tinha visto outro bicho, ou mesmo que se tratava de algum encantado que arrastara a velha Pituca pra dentro do poço. Resolveram buscá-la. Conseguiram quem tivesse coragem suficiente pra descer no poço. Buscaram, escavaram, procuraram, reviraram, mas não acharam nada.

Ao final, se renderam à história de Damásia e voltaram para suas casas.

Pituca, que sempre curou, benzeu, cuidou de sua comunidade e de sua família, seguiu fazendo o que era de costume. Sempre que alguém adoecia, pedia por ela e lhe chamava em meio a uma dor, agonia ou mal-estar, um remédio aparecia – ervas para chás, unguentos, barro molhado, argila, raízes maceradas) dentro de um cofo, em cima de um jirau ou enrolado em uma folha de bananeira, ao lado da rede ou da cama do moribundo, e logo era dado ao doente, com a certeza de que seria curado.

 Algumas mulheres juravam que podiam ver e até falar com a raposa encantada quando iam ao poço ao cair da tarde, momento em que o dia se mistura com a noite e os encantados habitam nosso mundo e o deles.

IRACI

Iraci apressou-se para nascer. Sua mãe, antes de engravidar, já sabia que teria uma menina. Em sua família, só nasciam mulheres.

Com sete meses, sua mãe sentiu dor e soube na hora que a filha nasceria. Mandou chamar a parteira, que não tardou a chegar, pois estava certa de que Venância nunca a chamaria se não tivesse certeza de que era chegada a hora.

Mal deu tempo de Dona Benedita chegar, preparar sua bacia com água morna e seus apetrechos de parteira e Venância entrara em trabalho de parto. Iraci escapuliu de dentro da mãe, como uma manga madura escorregadia da boca de uma criança. Era tão pequena que cabia inteira nas mãos abertas de Dona Benedita.

Nasceu de olhos bem abertos e não chorou. A velha Benedita jura que a pequena resmungou algo ao nascer, incompreensível, mas com a firmeza da sabedoria de quem já viveu muito.

Foi só colocá-la no peito da mãe e ela mamou como se grande fosse e tivesse uma fome de cem anos. Da primeira vez, mamou por seis horas e dormiu doze. Iraci trocava a noite pelo dia, nunca chorava, mas quando queria algo olhava profundamente pra sua mãe, que compreendia na mesma hora do que se tratava.

A pequena crescia assim, como se velha tivera nascido. Com um ano, aprendeu a andar, falar e curar. Fazia chás e unguentos. Aos três anos, começou a benzer e a tirar mau-olhado de criança. Melhor que ela não existia em seu povoado. Aos cinco, fazia previsões de destino.

Iraci era conhecida nas redondezas e um grande número de gente de todas as partes corria em busca de seus saberes.

Vivera assim parte de sua infância.

Em seu aniversário de sete anos, Iraci acordara criança. Levantou atordoada, mas feliz. Chovia. Esfregou os olhos, bocejou, olhou bem firme para sua mãe e chorou pela primeira vez. Um choro infantil e carente.

Sua mãe a abraçou como um bebê recém-nascido, a pôs no colo, cheirou sua cabeça de criança e reconheceu o cheiro que só os bebês têm. Depois de niná-la, aproximou-se do ouvido da pequena e lhe disse: vai ser criança.

Iraci saiu desenfreada a correr pelo quintal, subir em árvores e caçar bichos nos buraquinhos que a chuva deixava depois de cair.

ZUIARA[1]

Zuiara era índia Guajajara e nascera em noite de lua cheia, em cima de uma maca de enfermaria, onde sua mãe, ao lado de outras mulheres prestes a parir, aguardava dar à luz amparada por desconhecidos e longe dos seus parentes.

A mãe de Zuiara viajara para a cidade quando sentiu que logo chegaria o momento da filha vir ao mundo, porque temia ter a pequena em sua aldeia, depois dos incômodos que sentira durante a gravidez.

Zuiara era a terceira das filhas de Uyara e nascera franzina, como se não tivesse chance alguma de vingar. De volta à aldeia, quando a avó, as irmãs e até mesmo o

---

[1] Em homenagem à pequena Zuiara, uma indiazinha Guajajara que conheci no Maranhão, filha de um casal de Guajajaras TI Arariboia. A família estava em São Luís, sob medida protetiva, por ter sobrevivido ao assassinato de um índio Guajajara em 2019, defensor da floresta. Um crime que repercutiu no mundo inteiro, mas que até hoje não foi solucionado.

pai de Zuiara viram a pequena, tão carente de vida, não lhe deram nem mesmo uma semana de existência. Mas sua mãe, desde o primeiro instante que a viu, teve certeza de que a filha cresceria forte e determinada. Assim que a parira, colocou-a no peito e dessa hora em diante outra coisa não fez a não ser cuidar para que a pequena tivesse vida e vingasse forte como suas irmãs mais velhas.

A pequena criança mamava noite e dia e se apegava à vida como alguém a uma tábua rasa em meio a um rio de grandes correntezas. Fizera um ano e tinha o tamanho de seis meses, mas viva estava. À medida que o tempo passava, os familiares de Zuiara já tinham fé de que a pequena viera pra ficar, mas era frágil e grande coisa não seria na vida. Só com dois anos Zuiara aprendera a andar e a falar suas primeiras palavras em tupi-guarani. Tudo era mais demorado em sua vida, mas a pequena parecia não ter pressa. Aos três anos, ainda mamava no peito, mas as forças lhes eram poucas e não acompanhava o alvoroço das outras crianças em idade igual à dela, que corriam livres pelo terreiro, brincavam no rio e caçavam pequenos animais no meio da mata.

Foi nessa idade que Jupira conhecera a pequena Zuiara. Jupira era curandeira e vivia na aldeia de Zuiara, mas tinha filhos grandes que moravam na cidade e quando a pequena nascera tinha ido passar uns tempos com eles. Assim que Jupira voltou para a aldeia, a avó de Zuiara a levou para ser apresentada à velha e benzida. Ela olhou a pequena e de pronto perguntou à mãe:

— Por que Zuiara não nasceu na água?

— Nasceu no seco — disse a mãe. — Nasceu na cidade, em hospital.

– Mas por que não usaram uma bacia de água? – resmungou a velha, sem querer pôr defeito no trabalho dos outros, mas num muxoxo de reprovação.

– Que horas nasceu a pequena? – perguntou a velha.

– Na mesma hora que desponta a lua cheia no céu.

– Pois na próxima lua cheia, na hora em que ela despontar no céu, esteja com a miúda na beira do rio. Espero vocês lá.

Mãe e avó de Zuiara assim fizeram. No despontar da primeira lua cheia, lá estavam elas à beira do rio com sua pequena à espera de Jupira. Ela chegou mais se arrastando do que andando, com suas dores de velha. Pegou a pequena nas mãos, entrou com ela no rio, mergulhou-a e fez sua reza. Tirou a pequena e a entregou à sua mãe.

– Zuiara é da água, outra sorte não deveria ter que não nascer dentro da água. Agora uma vida inteira lhe aguarda.

Avó e mãe voltaram pra casa com sua miúda, serelepe como se tivesse acabado de vir ao mundo, ávida por descobrir coisas pequenas e misteriosas. Crescera como broto regado e se tornara a mais vivaz de todas as crianças da aldeia.

Este livro foi composto com as famílias Gopher de Adam Ladd, Inknut Antiqua de Claus Eggers Sørensen e Sofia Pro da Mostarda design. Impresso em outubro de 2021 pela gráfica Loyola em papel Pólen Bold (miolo) e cartão Supremo (capa).